SKELETON DOUBLE
スケルトンダブル
3
TOKAKU KONDO

# SKELETON DOUBLE

スケルトンダブル

## PERSONNAGES & RÉSUMÉ

En plein quartier de Shinjuku, un homme qui flottait mystérieusement dans les airs, un trou dans la poitrine, est mort de manière très violente. Huit ans plus tard, Yodomi Arakawa, le fils de la victime, a enfin repris une vie normale, jusqu'au jour où il reçoit un étrange paquet à l'intention de son père. En l'ouvrant, le jeune homme s'évanouit. Quelques instants plus tard, il se réveille avec le pouvoir de devenir un skeleton, un homme invisible. Il fait la connaissance d'un crâne doué de parole nommé Yamamoto. Ce dernier révèle à Yodomi être responsable de la mort de son père. Quel est donc cet étrange pouvoir d'invisibilité et quel mystère entoure la mort de son père ? Yodomi décide de tout faire pour découvrir la vérité.

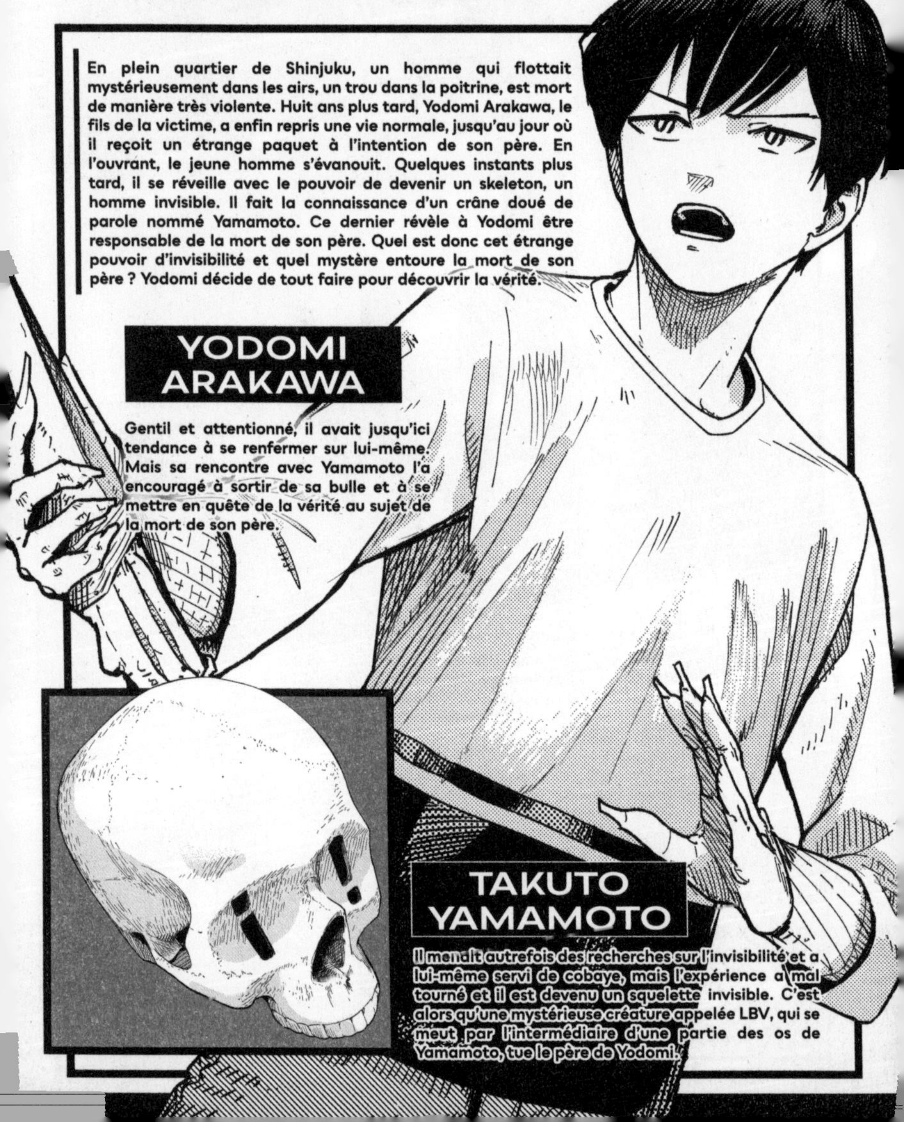

### YODOMI ARAKAWA

Gentil et attentionné, il avait jusqu'ici tendance à se renfermer sur lui-même. Mais sa rencontre avec Yamamoto l'a encouragé à sortir de sa bulle et à se mettre en quête de la vérité au sujet de la mort de son père.

### TAKUTO YAMAMOTO

Il menait autrefois des recherches sur l'invisibilité et a lui-même servi de cobaye, mais l'expérience a mal tourné et il est devenu un squelette invisible. C'est alors qu'une mystérieuse créature appelée LBV, qui se meut par l'intermédiaire d'une partie des os de Yamamoto, tue le père de Yodomi.

## RÉSUMÉ DU TOME PRÉCÉDENT

Yodomi et Yamamoto se sont fait enlever par Ramon et ont rencontré les Gygès, un groupe de personnes dotées de pouvoirs de skeleton. Tatara, leur chef, veut skeletoniser toute l'humanité et mène des expériences dans ce but. Yodomi se retrouve alors entraîné dans un violent combat afin de sauver la petite Riho, l'unique membre du groupe à ne pas posséder de pouvoirs de skeleton...

# SOMMAIRE

# Chapitre 13

## SKELETON TRANSITION

IL M'A ENCORE COUPÉ EN DEUX... C'EST PAS LA PREMIÈRE FOIS...
KOF ! KOF !
MAIS CE GAMIN EST DÉSORMAIS DANS LES ENTRAILLES DE LA TERRE
JE DOIS RETROUVER RIHO...
BOM
J'ENTENDS UN BRUIT À L'ÉTAGE DU DESSOUS !
JE N'AI PLUS D'UB...
J'AI TROP UTILISÉ MES POUVOIRS
AH ! UN INSTANT ...
SI L'ATTAQUE QUE J'AI ENCAISSÉE...
A ANNULÉ LES EFFETS DU QUANTUM AVEC LEQUEL J'AVAIS RECOUVERT CE GAMIN, ALORS...
KSHAC
QUELQU'UN VIENT D'OUVRIR UNE PORTE...
IL EST SIMPLEMENT TOMBÉ D'UN ÉTAGE !

AVAIT-IL PRÉVU QU'EN ENCAISSANT SON ATTAQUE, JE SERAIS CONTRAINT D'UTILISER MON POUVOIR POUR ME RÉGÉNÉRER...
QUE ÇA DÉSACTIVERAIT MON UB ET QU'IL NE TOMBERAIT PAS PLUS BAS ?
IL AURAIT FAIT UN PARI AUSSI DANGEREUX ?
CE GAMIN EST CINGLÉ !
FRUP
JE DOIS RÉCUPÉRER MES JAMBES...
ET LIMITER AU MAXIMUM LES RESSOURCES QUE J'UTILISE POUR ME RÉGÉNÉRER
JE NE PEUX PAS SORTIR DE MA FORME SKELETON MAINTENANT
CE N'EST PAS...
TERMINÉ !
JE N'AI PAS ENCORE DIT MON DERNIER MOT !

FLAP
Chapitre 13
SKELETON TRANSITION
FLAP
FLAP
FLAP

FLAP
KLANG
FLAP
KLING

PLITCH
ズズズズズ
ZWOO
バッ
メキ
SHKLING
!
LA PARTIE ENDUITE DE MON SANG S'EST DÉTACHÉE
ON DIRAIT UNE SORTE DE BOUCLIER ANTI-UB
PLOC
PLOC
PAS MAL DU TOUT, SON TRUC !

FLAP
FLAP
FLAP
FLAP
FLAP
KISHÔ ! J'AI TERMINÉ !
LES RENFORTS DE LA CIAS SONT ARRIVÉS !
TU ES PRÊT ?
KRIK
SHKLANK

FWOLP
IL A OBSTRUÉ MON CHAMP DE VISION POUR ME FEINTER
IL EST PLUS CORIACE QUE CE QUE JE PENSAIS

FWOUSH
UN PION ?
IL EST RECOUVERT DE L'UB « TRANSFERT DE MATIÈRE ». ON SE PRÉPARE À DÉGUERPIR !

ZWOO
HMM ?
AH !
PAAF
KRAK

LÉVITATION !
FW
AP
UB...
...
C'ÉTAIT MOINS UNE !
HEUREUSEMENT QUE CE TYPE N'A PAS D'UB...
SKR
SHH
IL Y A DÉCIDÉMENT DE GRANDES DIFFÉRENCES ...
D'UN SKELETON À L'AUTRE
ELLE DOIT AVOIR DE SACRÉES RÉSERVES !
ELLE A UTILISÉ UNE GRANDE QUANTITÉ D'UB, MAIS ELLE NE SEMBLE PAS S'INQUIÉTER D'ÊTRE À COURT DE RESSOURCES
FUUH
PFUM
PFUM

L'AFFRONTER AURA ÉTÉ UNE BONNE EXPÉRIENCE
PARDON...
DÉSOLÉ...
J'AI ÉCHOUÉ
NE TRAÎNONS PAS PLUS LONGTEMPS ICI !

ON VA UTILISER L'UB DE KAMARA POUR METTRE LES VOILES !
BATTEZ TOUS EN RETRAITE ET PRENEZ VOTRE OBJET NÉCESSAIRE POUR LE TRANSFERT !
NON !
UN INSTANT, JE NE SUIS PAS PRÊT !
TATARA ! TU M'ENTENDS ?
UB...
BANSOCO
BANSOCO
TRANSFERT DE MATIÈRE !

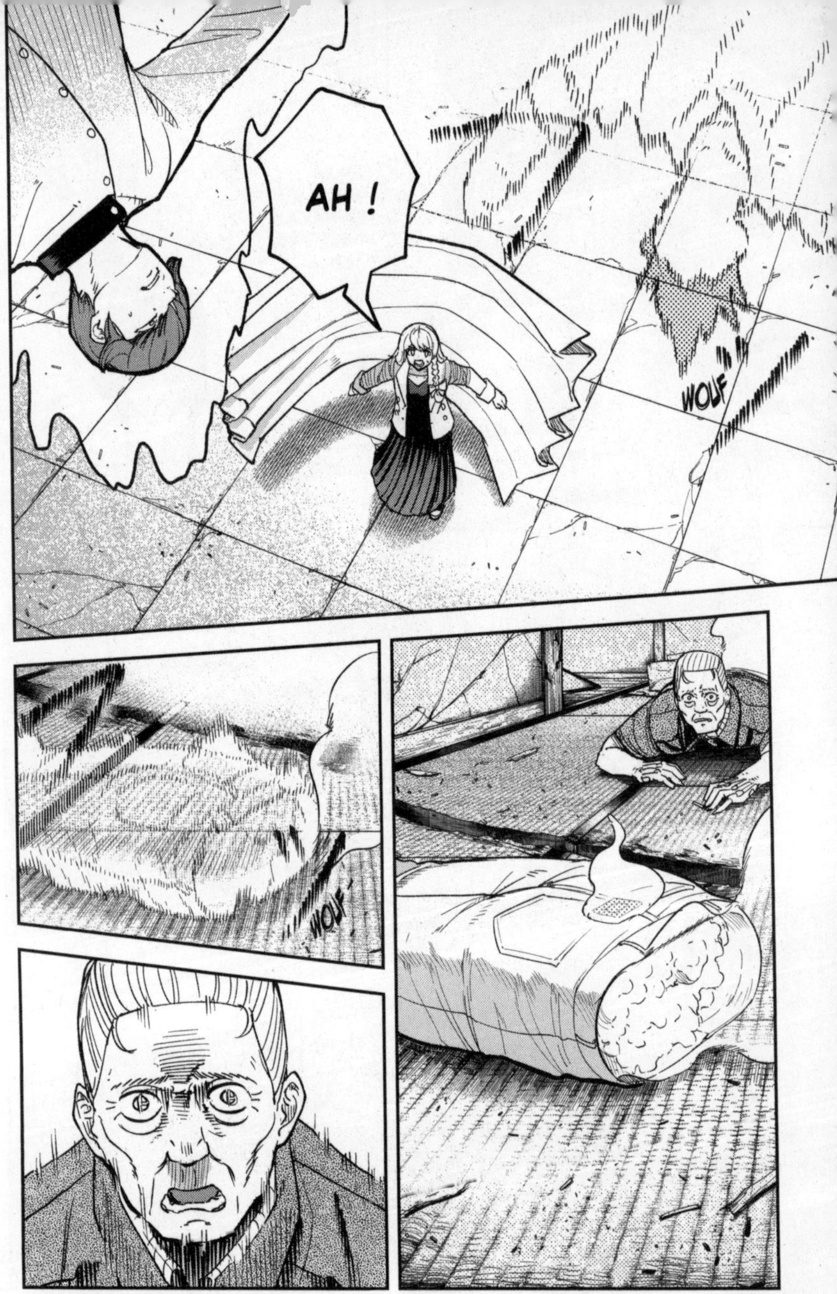
AH !
WOUF
WOUF

ILS SONT PARTIS EN LAISSANT CE TYPE ICI...
BIZARRE... ILS ABANDONNENT UN PEU TROP VITE...
J'AI UN MAUVAIS PRESSEN-TIMENT...
BIEN...
ON VA POUVOIR DISCUTER TRANQUILLEMENT ...
DU BOUCLIER DE TON COPAIN ET DE VOTRE ORGANISATION

MA MAIN...
ELLE N'EST PLUS...
INVISIBLE
MA FORME SKELETON EST EN TRAIN DE SE DÉSACTIVER
POURQUOI ? JE PEUX ENCORE ME BATTRE... JE NE VEUX PAS REDEVENIR...
CELUI QUE J'ÉTAIS AUTREFOIS...
TAXI

PAS BESOIN DE REÇU !
BIEN... ALLEZ-VOUS POUVOIR ATTRAPER VOTRE VOL ?
OUAIS ! ÇA DEVRAIT ÊTRE BON !
MERCI... MONSIEUR !
BON VOYAGE !
J'AI TENU LE VOLANT DE MON TAXI PENDANT QUARANTE ANS...
ET MÊME SI ÇA NE M'A PAS PERMIS D'ÉPARGNER ASSEZ POUR ÊTRE À L'ABRI...
CE N'ÉTAIT PAS UNE MAUVAISE VIE
Saké

HMM ?
FRSH
UNE NOTE... DES FRAIS D'ESSENCE...
C'EST MON ÉCRITURE
Essence 2837 yens
QUAND AI-JE ÉCRIT ÇA ?
MA FILLE A QUITTÉ SON MARI ET ELLE EST REVENUE À LA MAISON AVEC RIHO
JE NE LA SUPPORTE PLUS

HIER SOIR, ELLE S'EST TROMPÉE DE MÉDICAMENT...
ELLE A DÉAMBULÉ DANS LA MAISON TOUTE LA NUIT...
ET ELLE N'EST MÊME PLUS CAPABLE D'ALLER AUX TOILETTES
ALLONS, NE PARLE PAS COMME ÇA DE TA MÈRE
JE N'EN PEUX PLUS
JE VAIS CHERCHER UN ÉTABLISSEMENT QUI S'OCCUPERA D'ELLE
QUAND ELLE AVAIT ENCORE TOUTE SA TÊTE, ELLE DISAIT QU'ELLE VOULAIT MOURIR À LA MAISON
NE TE MÊLE PAS DE ÇA
HA HA HA
HISAKO ...
...
CE N'ÉTAIT PAS UNE MAUVAISE VIE...

MA FILLE N'A JAMAIS AIDÉ NOTRE FAMILLE
J'AI PLUSIEURS FOIS LEVÉ LE TON, MAIS ÇA NE CHANGEAIT RIEN
POURQUOI JE M'ÉNERVE COMME ÇA ?
QU'EST-CE QUI M'ARRIVE ?
HAA
HAA
AH !
ON A FAIT TROP DE BRUIT ?
PARDON, HISAKO
MOI, C'EST RIHO
TU T'ES ENCORE TROMPÉ, GRAND-PÈRE
ENCORE ?

DEMAIN, J'IRAI À L'HÔPITAL
MAIS JE M'INQUIÈTE PROBABLEMENT POUR RIEN
JE NE PERDS PAS LA MÉMOIRE
JE PEUX ENCORE TRAVAILLER
JE SUIS EN PLEINE FORME
MAIS SI JAMAIS ON ME TROUVE QUELQUE CHOSE...
QUI S'OCCUPERA DE RIHO ET DE HISAKO ?
CERTAINEMENT PAS MA FILLE QUI N'EST MÊME PAS FICHUE DE TRAVAILLER
JE DOIS TENIR BON, SINON ON NE S'EN SORTIRA PAS
JE DOIS AU MOINS FAIRE EN SORTE QUE RIHO AIT UNE VIE NORMALE
S'IL VOUS PLAÎT...
POUVEZ-VOUS TOURNER À DROITE ?
HEIN ?
EUH... OUI, PARDON !

HEIN ?
QUE...
PAR...
PARDON... IL FAUT QUE JE M'ARRÊTE UN INSTANT
JE CONNAIS POURTANT CETTE VILLE PAR CŒUR
J'AI ROULÉ DANS CES RUES PENDANT QUARANTE ANS
HAA HAA HAA
ALORS...
POURQUOI ?
POURQUOI JE ME SUIS PERDU ?

EUH...
PAR... PARDON... AH... AAH... AAH...
AAH...
EST-CE QUE...
TOUT VA BIEN ?
PARDON...
INUTILE DE PAYER LA COURSE
VOUS AIMERIEZ CHANGER LA RÉALITÉ QUI VOUS ATTEND...

N'EST-CE PAS ?
POC
POC
PAC
UN INSECTE PERLE VOUS A CHOISI
C'EST UN SIGNE DU DESTIN
JE VAIS PAYER LA COURSE À PARTIR D'ICI
JE VOUS PROPOSE UNE SOLUTION POUR GUÉRIR LE MAL QUI VOUS RONGE. QU'EN DITES-VOUS ?

EN DEVENANT UN SKELETON, J'AVAIS L'IMPRESSION D'AVOIR RAJEUNI DE VINGT ANS
IL N'Y AVAIT PLUS PERSONNE POUR ENTRAVER RIHO
SI LES SKELETONS PEUVENT ÊTRE ACCEPTÉS PAR LA SOCIÉTÉ...
S'ILS PEUVENT EMPÊCHER LES GENS DE VIEILLIR ET DE PERDRE LA MÉMOIRE...
ALORS JE PEUX ENCORE TENIR LE COUP !
JE PEUX ENCORE ME BATTRE POUR CETTE ENFANT !
POURQUOI M'AS-TU LAISSÉ ICI...
TATARA ?
...
KSHAC

HFF
HFF
RIHO !
RIHO !!
TU N'ES PAS BLESSÉE ?! JE SUIS VRAIMENT DÉSOLÉ ! JE...
FUP
FHH
FHH
OÙ EST LE GARÇON DE TOUT À L'HEURE ?
TOUT VA BIEN... JE VAIS ARRANGER LES CHOSES...

STOP...
ÇA SUFFIT...
ALLONS, TU N'AS PAS À T'INQUIÉTER
LAISSE-MOI FAIRE, RIHO
ÇA VA ALLER...
NON !
TU N'AS PLUS BESOIN...
DE FAIRE TOUT ÇA...
GRAND-PÈRE !!

ARRÊTE !
REGARDE L'ÉTAT DANS LEQUEL TU ES...
NON, JE NE PEUX PAS ARRÊTER...
J'AI OBTENU CE POUVOIR... JE NE PEUX PAS L'ABANDONNER...
MAIS ÇA NE SERT À RIEN !!
JE ME FICHE D'AVOIR UNE VIE MEILLEURE !!
J'ÉTAIS CONTENTE QUE TU AILLES MIEUX...
MÊME SI TON CORPS ÉTAIT DEVENU BIZARRE !
JE VOULAIS JUSTE...

QUE TU NOUS EMMÈNES EN VOITURE AU SUPER-MARCHÉ...
MAMAN, GRAND-MÈRE... PAPA ET MOI...
C'ÉTAIT TOUT...
CE QUE JE VOULAIS
PARDON...
JE SUIS DÉSOLÉE D'AVOIR TOUT GARDÉ POUR MOI
C'ÉTAIT À MOI DE FAIRE CHANGER LES CHOSES, PAS À CE GARÇON...
J'AURAIS DÛ TE DIRE TOUT ÇA PLUS TÔT...
NON...
TU N'Y ES POUR RIEN, RIHO...

TOUT EST...
MA FAUTE...

# STAFF TOME 3

DÉCORS

YÛKI MOROOKA
KEIIKU SHÛKO
JANKU KANEDA
ARAKAWA

PERSONNAGES,
CROQUIS PRÉPARATOIRES

TOKAKU KONDO

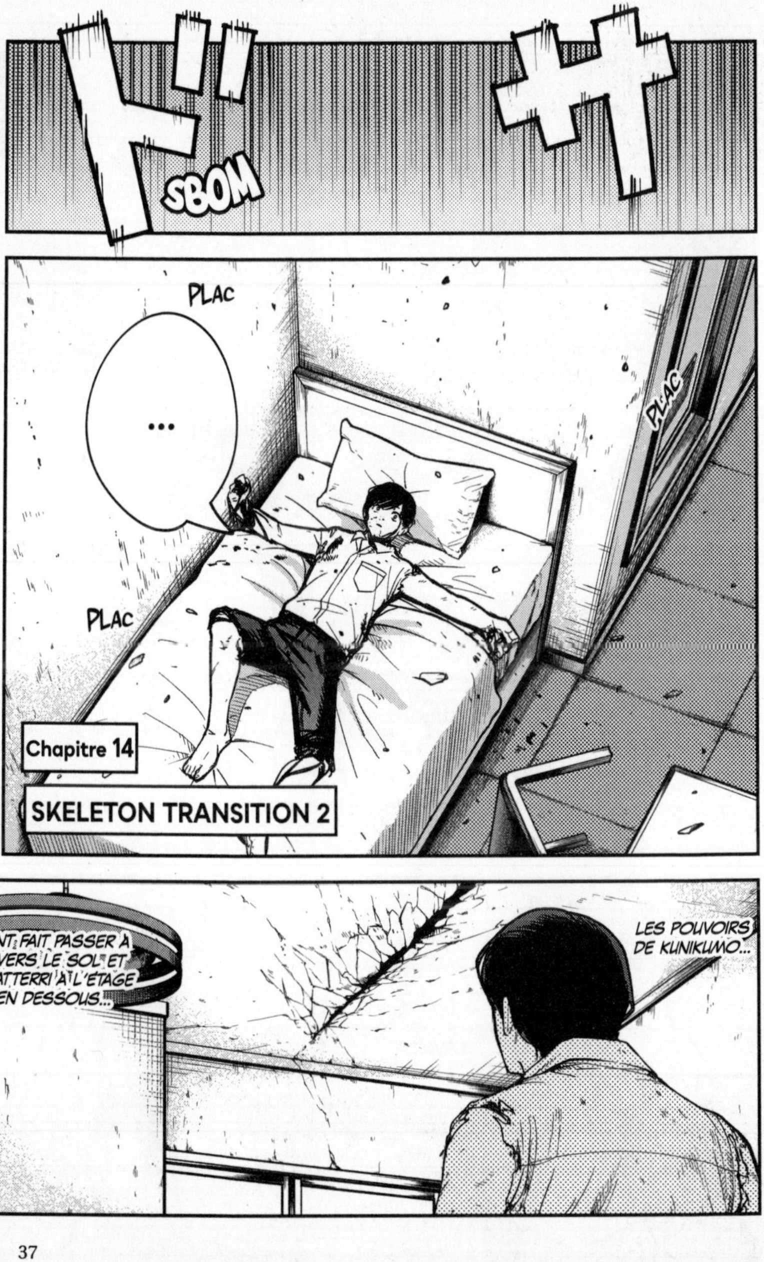
SBOM
PLAC
...
PLAC
PLAC
Chapitre 14
SKELETON TRANSITION 2
LES POUVOIRS DE KUNIKUMO...
M'ONT FAIT PASSER À TRAVERS LE SOL ET J'AI ATTERRI À L'ÉTAGE D'EN DESSOUS...

S'IL EST À COURT D'UB, SA FORME SKELETON A ALORS DÛ SE DÉSACTIVER...
KSHAC
MAIS...
MÊME SOUS SA FORME HUMAINE ORDINAIRE...
CE VIEIL HOMME A ENCORE DE L'ÉNERGIE À REVENDRE
J'AI PAS LE TEMPS D'ALLER CHERCHER LE BRAS DE YAMAMOTO QU'IL A JETÉ PAR LA FENÊTRE
SI JE NE ME DÉPÊCHE PAS, CES TYPES VONT EMPORTER SON CRÂNE

IL FAUT DIX MINUTES AVANT QUE JE PUISSE À NOUVEAU ME TRANSFORMER EN SKELETON...
JE VAIS ATTENDRE ICI...
NON ! JE VIENS DE DIRE QU'IL N'Y AVAIT PAS DE TEMPS À PERDRE...
RAAH ! ET ZUT !
SANS LE BRAS DE YAMAMOTO...
JE NE PEUX RIEN FAIRE
PLOC
PLOC
SI SEULEMENT CE SANG ÉTAIT DE L'UB...

TSS... C'EST VRAIMENT PAS FACILE...
DE SE BATTRE
J'AI DES VERTIGES ...
C'EST PAS BON... JE...
PLOC PLOC
JE PERDS TROP DE SANG...

Chapitre 14
SKELETON TRANSITION 2

7 H 53, ARRIVÉE DES RENFORTS DE LA DIVISION DE SÉCURITÉ DE LA CELLULE D'INTERVENTION ANTI-SKELETON
VOUS ARRIVEZ TROP TARD !
ET TROP TÔT !
HEIN ?!

ILS ARRIVENT TROP TARD POUR CAPTURER LES ENNEMIS SKELETONS...
MAIS IL EST ENCORE TROP TÔT POUR EMBARQUER ARAKAWA
ILS TOMBENT MAL...
C'EST QUOI CET AIR MÉCONTENT, YOROIBATA ?
JE TE SIGNALE QU'EN AGISSANT DE TA PROPRE INITIATIVE, TU AS ENFREINT LE RÈGLEMENT !
NOUS NE CAUTIONNONS PAS TES ACTES !
JE DEVRAIS NORMALEMENT TE COFFRER !

BANDE DE CRÉTINS...
SHAK
PARDON ? QUI TU TRAITES DE CRÉTINS ?
SI VOUS TENEZ À M'AFFRONTER, REVENEZ ME VOIR QUAND VOUS SEREZ À LA HAUTEUR
ZWOU
FWAP
FWAP
GRR... GARCE ! QU'EST-CE QUE...

PLA TCH
!
DES HUMAINS ORDINAIRES NE PEUVENT PAS IDENTIFIER LES ATTAQUES UB
NE LES MÊLE PAS À TOUT ÇA...
À MOINS QUE TU VEUILLES PERDRE VOTRE UNITÉ
SPOF

POUR MA SANCTION, JE VERRAI ÇA DIRECTEMENT AVEC LA DIRECTION
EN ATTENDANT, OCCUPEZ-VOUS DE SÉCURISER LA ZONE AU LIEU DE JACASSER
C'EST À ÇA QUE SERT LA DIVISION DE SÉCURITÉ, NON ?
CIAS
TSS...
JE N'AI PAS D'ORDRE À RECEVOIR DE LA DIVISION DE RECHERCHE !
CIAS
CAPTURE D'UN SKELETON NON RÉPERTORIÉ SUR LE TOIT
L'INDIVIDU A ÉTÉ TRANSFÉRÉ DANS UN CENTRE DE DÉTENTION SPÉCIAL APRÈS ADMINISTRATION D'UN ANESTHÉSIANT CAR IL REFUSAIT D'OBTEMPÉRER

AUCUN SKELETON, AUCUN UB. ZONE SÉCURISÉE
CONTINUEZ À SURVEILLER LES ENVIRONS
3F
PLUS AUCUNE PRÉSENCE ENNEMIE DANS L'HÔTEL
CIAS
IAS

IL RESTAIT DES TRACES D'UN LABORATOIRE DE RECHERCHE...
MAIS AUCUN DOCUMENT IMPORTANT MENTIONNANT UN COQUILLAGE QUI PERMET DE PROVOQUER LA SKELETONISATION N'A ÉTÉ TROUVÉ
LES CAMÉRAS DE L'HÉLICOPTÈRE ...
ONT PERMIS D'IDENTIFIER UN OBJET VOLANT
UN DRONE TRANSPORTANT DE L'UB « TRANSFERT DE MATIÈRE »...
QUI A PROBABLEMENT ÉTÉ UTILISÉ POUR TÉLÉPORTER LES ENNEMIS LOIN D'ICI

Je suis heureux de savoir que vous allez bien !
J'espère que vous me dédommagerez pour mes lunettes !
by T
Je suis heureux de
GRR ! LE FUMIER...
APRÈS ÇA, J'AI ÉTÉ CONTACTÉ PAR L'AGENT TACHIBANA DE LA DIVISION DE SÉCURITÉ

IL A AFFRONTÉ LE TYPE AVEC LES POUVOIRS DE TORSION APRÈS AVOIR NEUTRALISÉ UN AUTRE SKELETON
CIAS
FWOUP
PLITCH
KRIK
KRIK
?!
SKRIIK
SKRIIK
GRIIIIIISH

CIAS
SBROK
MON UB N'A AUCUN EFFET SUR LUI
COMMENT ÇA SE FAIT ?
GNIP
SHOUP
UB...
ZWOUF

ZRUP
!
FWOUP
DASH
STAP
KAMARA !
UTILISE TON UB POUR NOUS RAMENER
ON EST DEUX
WOUF
TACHIBANA A LAISSÉ FILER DEUX SKELETONS
UN COUP DUR À ENCAISSER POUR LUI

YOROIBATA !
PAR ICI !
J'AI RETROUVÉ LE CRÂNE DE YAMAMOTO. IL NE SEMBLAIT PAS TROP ABÎMÉ
J'AI AUSSI TROUVÉ SON BRAS

OÙ EST ARAKAWA ?
IL A TRAVERSÉ LE SOL ET IL A PROBABLEMENT DÛ TOMBER À L'ÉTAGE D'EN DESSOUS !
MAIS IL NE REVIENT PAS...
JE PIGE RIEN À CE QUE TU RACONTES...
IL EST EN BAS, C'EST ÇA ?
ATTENDS !
IL Y A UN VIEIL HOMME ET UNE PETITE FILLE DANS LA PIÈCE D'À CÔTÉ
PEUX-TU D'ABORD ALLER LE VOIR ?
LE VIEILLARD EST UN SKELETON, MAIS JE NE PENSE PAS QU'IL CHERCHERA À SE BATTRE
HMM...
JE SUIS DE PLUS EN PLUS PERDUE !
ESSAIE DE NE PAS LE BRUTALISER
C'EST PROBABLEMENT AUSSI CE QUE VEUT ARAKAWA

ON A TROUVÉ UNE PETITE FILLE
ELLE N'ÉTAIT PAS BLESSÉE ET SEMBLAIT EN BONNE SANTÉ
ELLE SERA CONFIÉE AUX AUTORITÉS DE LA CIAS, MAIS J'ESPÈRE QU'ELLE AURA DROIT À UN TRAITEMENT DE FAVEUR

APPORTEZ L'ANESTHÉSIANT ET UN HARNAIS !
NON, ATTENDEZ !
VOUS L'ATTACHEREZ UNE FOIS DEHORS
CET HOMME EST DANGEREUX
FUP
JE PRENDS LE RISQUE
CE NE SONT PAS DES CHOSES À MONTRER À UNE ENFANT

FWOP
J'AI PLACÉ MON UB SUR VOUS PAR SÉCURITÉ
NE M'OBLIGEZ PAS À L'UTILISER
VEUILLEZ NOUS SUIVRE
OUI, ENTENDU...
CAPTURE D'UN AUTRE SKELETON
AUCUNE RÉSISTANCE
IL S'AGIT D'UN TÉMOIN IMPORTANT
LE DIRECTEUR PRENDRA LES MESURES APPROPRIÉES
Riho Kunikumo

J'AI DEMANDÉ À YAMAMOTO DE M'EXPLIQUER SUCCINCTEMENT CE QUI S'ÉTAIT PASSÉ...
!
PUIS LES AGENTS QUI ÉTAIENT ALLÉS INSPECTER L'ÉTAGE D'EN DESSOUS M'ONT CONTACTÉE

C'EST MA FAUTE...
JE NE PENSAIS PAS QU'IL IRAIT AUSSI LOIN...
YODOMI ARAKAWA A ÉTÉ...

VOILÀ...
POUR LE RAPPORT DE YOROIBATA
YODOMI ARAKAWA A REÇU LES PREMIERS SOINS...
ET A ÉTÉ ISOLÉ DANS UNE CELLULE
NOUS ATTENDONS QU'IL REPRENNE CONNAISSANCE

NOUS POURSUIVONS ÉGALEMENT L'ENQUÊTE SUR LA COMPAGNIE DES GYGÈS, LE GROUPE CRIMINEL QUI A PRIS LA FUITE
NOUS N'AVONS POUR LE MOMENT REÇU AUCUNE INFORMATION DE LA PART DE NOS AGENTS NI DE LA POLICE
DURANT LES COMBATS, LES GYGÈS ONT UTILISÉ DES POUVOIRS NON IDENTIFIÉS...
NOUS AVONS DONC MIS DES AGENTS SKELETONS SUR L'AFFAIRE
ENSUITE...

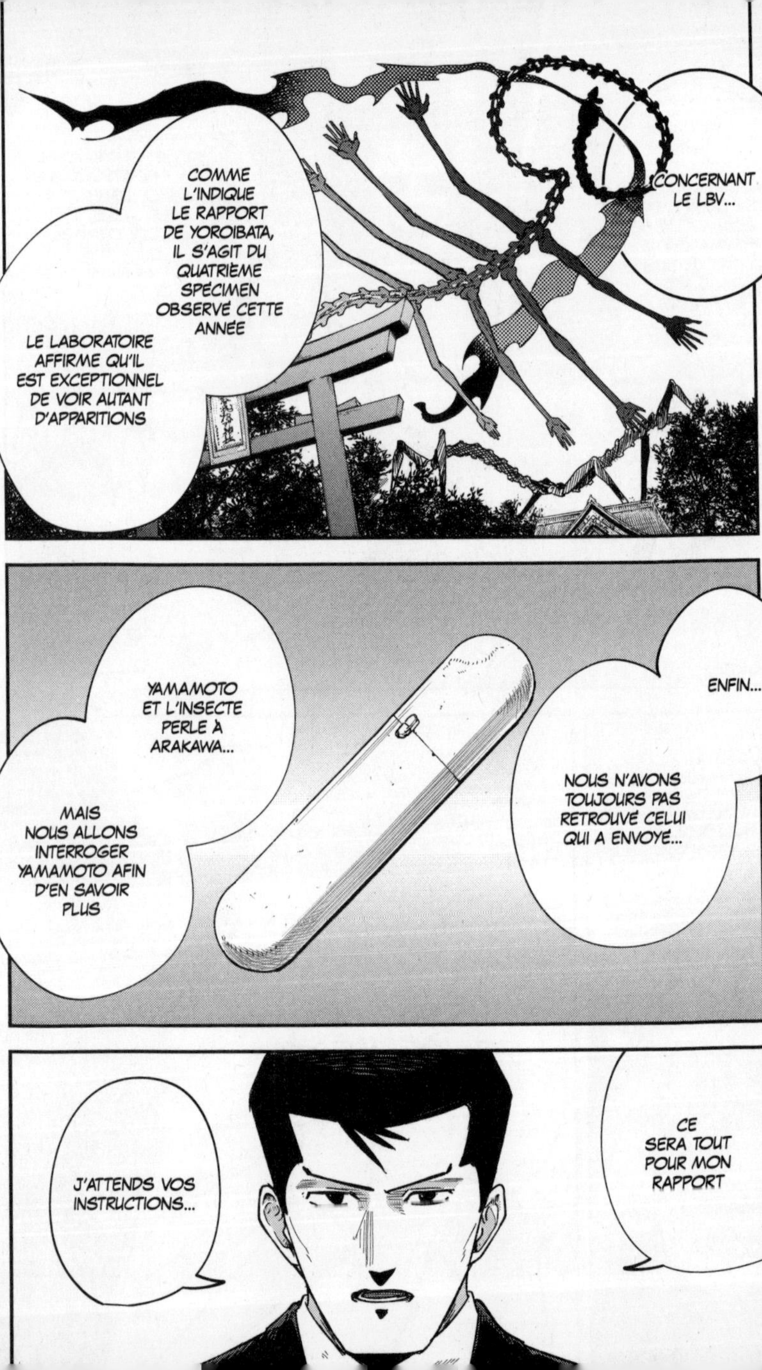
CONCERNANT LE LBV...
COMME L'INDIQUE LE RAPPORT DE YOROIBATA, IL S'AGIT DU QUATRIÈME SPÉCIMEN OBSERVÉ CETTE ANNÉE
LE LABORATOIRE AFFIRME QU'IL EST EXCEPTIONNEL DE VOIR AUTANT D'APPARITIONS
ENFIN...
NOUS N'AVONS TOUJOURS PAS RETROUVÉ CELUI QUI A ENVOYÉ...
YAMAMOTO ET L'INSECTE PERLE À ARAKAWA...
MAIS NOUS ALLONS INTERROGER YAMAMOTO AFIN D'EN SAVOIR PLUS
CE SERA TOUT POUR MON RAPPORT
J'ATTENDS VOS INSTRUCTIONS...

MONSIEUR LE DIRECTEUR
KLAC KLAC
KLAC
CROC
CROC
TSS... QUEL SACRÉ FOUTOIR !
GRISS
HMM... COMMENÇONS...
PAR ARAKAWA

スケルトンダブル

SKELETON DOUBLE

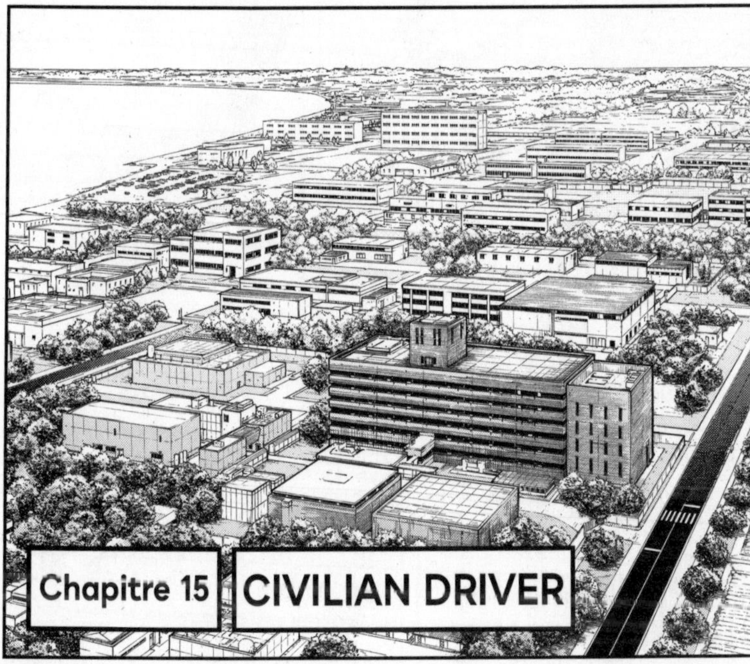

*Centre de recherche et d'équipement des forces terrestres. Ministère de la Défense, section de Tsukuba Tsuchiura.

WU U U UM
VRRRM
HÉ...
UN BOUT DE PAPIER...

IL EST INUTILE DE FAIRE LE MÉNAGE À PARTIR D'ICI
L'ACCÈS À CETTE ZONE EST INTERDIT
VOUS AVEZ DÉPASSÉ LA LIGNE

PAR...
PARDON...
IL Y AVAIT UN BOUT DE PAPIER PAR TERRE
DONNEZ-LE-MOI...
JE VAIS LE JETER À LA POUBELLE
NIARK
C'EST PROBABLEMENT UN MEMBRE DU PERSONNEL QUI L'A LAISSÉ TOMBER
SI JE RETROUVE LE COUPABLE, JE LUI EN TOUCHERAI DEUX MOTS
EUH... OUI...
ET MERCI POUR LE TRAVAIL QUE VOUS FAITES

VRRRN
LES PERSONNES QUI ONT ACCÈS À LA PORTE AU FOND DE CE COULOIR...
SONT DIFFÉRENTES DES AUTRES MEMBRES DES FORCES D'AUTODÉFENSE
CERTAINES PORTENT DES VESTES SUR LESQUELLES IL EST ÉCRIT « CIAS » EN GROS CARACTÈRES
JE ME DEMANDE CE QUE CES TYPES FABRIQUENT...
CIAS
CIAS
CIAS

VIREZ-MOI CET AGENT D'ENTRETIEN...
ET TROUVEZ-EN UN AUTRE
ENTENDU, MONSIEUR LE DIRECTEUR
C'EST L'ÉCRITURE DE KANATOKO, DE LA DIVISION DE RECHERCHE ET D'INVESTIGATION
POURQUOI A-T-IL FAIT TOMBER CETTE NOTE ?
FRSH
VEUILLEZ LE RAPPELER À L'ORDRE
SEULEMENT LE RAPPELER À L'ORDRE ?

OUI, ÇA SUFFIRA
JE SUIS INDULGENT AVEC MON ENTOURAGE
C'EST SURTOUT PARCE QU'ON N'A AUCUN AUTRE SKELETON POUR LE REMPLACER
DING
3
BONJOUR, MONSIEUR LE DIRECTEUR
BONJOUR, TACHIBANA

POC
POC
JE VOUDRAIS AVOIR...
VOTRE AVIS SUR CE DOSSIER
QU'ALLONS-NOUS FAIRE DE YODOMI ARAKAWA ?

MON AVIS ?
ON VA DEVOIR S'OCCUPER DES GYGÈS...
ET JE VEUX QUE VOUS ME FASSIEZ UN TOPO DE LA SITUATION
CE N'EST PAS LE MOMENT DE NOUS QUERELLER
...
POURQUOI QUELQU'UN DE SÉRIEUX COMME VOUS...
A-T-IL SUIVI YOROIBATA ET EST-IL ALLÉ AIDER ARAKAWA SANS ATTENDRE L'ARRIVÉE DES RENFORTS ?
J'IMAGINE QUE VOUS AVIEZ QUELQUE CHOSE EN TÊTE

IL Y A HUIT ANS, LORSQUE VOUS ÉTIEZ INSPECTEUR...
VOUS AVEZ ENQUÊTÉ SUR LA MORT MYSTÉRIEUSE DE HAYAO ARAKAWA, N'EST-CE PAS ?

ET IL SEMBLERAIT QUE VOUS AYEZ MIS TOUT VOTRE ZÈLE DANS CETTE AFFAIRE
...
JE N'ÉTAIS QUE L'UN DES 150 POLICIERS DU BUREAU D'ENQUÊTES
IL PARAÎT QU'À L'ÉPOQUE VOUS VOUS ÊTES RENDU PLUSIEURS FOIS CHEZ ARAKAWA

C'ÉTAIT UNIQUEMENT PAR SYMPATHIE
CONCERNANT ARAKAWA, JE PENSE QU'AU LIEU DE LE SÉQUESTRER...
NOUS DEVRIONS LE METTRE SOUS NOTRE PROTECTION
IL A BEAU ÊTRE UN SKELETON...
IL RESTE UN CITOYEN QUE JE ME DOIS DE PROTÉGER

ARAKAWA ?
IL DEVRAIT BOSSER POUR NOUS
JE SUIS SÛRE QU'IL APPRENDRA VITE
YOROIBATA...
POURRIEZ-VOUS ÊTRE UN PEU PLUS RÉALISTE ?
JE VOUS RAPPELLE QUE, LORSQU'IL EST ARRIVÉ ICI, CE GARÇON ÉTAIT MOURANT

MAIS POUVEZ-VOUS ME DIRE CE QUE VOUS ÊTES EN TRAIN DE FAIRE ?
DU PILATES
ÇA ME DÉTEND, J'EN AI MARRE DE TROP RÉFLÉCHIR
AU FAIT, QUAND ALLEZ-VOUS ME LAISSER SORTIR D'ICI ?
CETTE PUNITION A-T-ELLE VRAIMENT UN SENS ?
NOUS AVONS UN RÈGLEMENT...
ET CETTE SANCTION A ÉTÉ PRISE À VOTRE ÉGARD EN RAISON DE VOTRE CONDUITE INAPPROPRIÉE
VOUS ALLEZ DEVOIR RESTER LÀ ENCORE QUELQUE TEMPS

QUOI QU'IL EN SOIT...
LA CIAS MANQUE DE MAIN-D'ŒUVRE...
ET PRENDRE ARAKAWA AVEC NOUS N'EST PAS UNE MAUVAISE IDÉE
CE GARÇON NOURRIT UNE RANCUNE PERSONNELLE...
ET IL EST TÉMÉRAIRE
S'IL INTÈGRE LES FORCES DE L'ORDRE, IL SERA AUSSITÔT VIRE
ET SI JE VOUS DIS QUE SI VOUS LE PRENEZ PAS, JE VOUS DONNE MA DÉMISSION ?

ÇA NE FERA QUE COMPLIQUER LES CHOSES...
NOUS AVONS BESOIN DE PLUS DE SKELETONS, CERTES...
MAIS PRENDRE ARAKAWA AVEC NOUS EST DÉLICAT
ET PUIS TACHIBANA N'ACCEPTERA PAS DE L'EXPOSER AU DANGER
ARAKAWA A L'INTENTION DE REMUER L'AFFAIRE D'IL Y A HUIT ANS...
ET, S'IL CAUSE TROP DE GRABUGE, JE RISQUE DE ME FAIRE SABRER
TSS... CE MERDIER VA ÊTRE DIFFICILE À NETTOYER...

FRSHH
LE MIEUX SERAIT QUE CE GAMIN ABANDONNE...
SUZUKI...
MONSIEUR ?
VEUILLEZ PRÉPARER DU THÉ
LE MEILLEUR QUE NOUS AVONS

AÏE...
YODOMI ARAKAWA...
PUIS-JE TE DEMANDER DE TE TRANSFORMER EN SKELETON PENDANT VINGT SECONDES
APRÈS VÉRIFICATION DE LA GUÉRISON DE TES BLESSURES, NOUS POURRONS TE LIBÉRER

JE SUIS SHIRAGAMI, DIRECTEUR DE LA CIAS
QUELLE MALHEUREUSE AFFAIRE, N'EST-CE PAS ?
HEIN ?
VOUS...
VOUS ALLEZ ME LAISSER SORTIR ?
NIARK
YOROIBATA T'AURAIT-ELLE PARLÉ DE MOI COMME D'UN DÉMON ?
MÊME SI TU ES UN SKELETON, JE NE TE FERAI AUCUN MAL

QU'EST-CE QUI SE PASSE, AU JUSTE ?
IL FAUT QUE JE VOUS PARLE DE L'AFFAIRE D'IL Y A HUIT ANS
ALLONS NOUS INSTALLER...
ET DISCUTONS DE TOUT ÇA TRANQUILLEMENT
TU NE PEUX PAS PRENDRE DE DÉCISIONS TOUT SEUL CONCERNANT CETTE HISTOIRE
ÇA FAISAIT DÉJÀ QUATRE JOURS...

QUE CES TYPES M'AVAIENT PRIS AVEC EUX ET QUE J'ÉTAIS PORTÉ DISPARU
MAMAN...

# SKELETON DOUBLE

スケルトンダブル

MON PÈRE EST MORT...
Chapitre 16
SOUHAIT
PULATION EN ÉMOI
Mort mystérieuse à Shinjuku : un corps en lévitation
Une enquête difficile
Médecine
Scoop !
Shinjuku
Mort mystérieuse - Homme
Mort en direct - Horreur - Vidéo non censurée
similaire
【Art】Sœur de cette célèbre
LA POLICE POURSUIT L'ENQUÊTE

JE VOUS PROMETS DE DÉCOUVRIR TOUTE LA VÉRITÉ
SI JAMAIS VOUS VOUS SOUVENEZ DE QUELQUE CHOSE...
OU SI VOUS AVEZ LE MOINDRE INDICE, VEUILLEZ NOUS TENIR INFORMÉS
JE...
JE NE COMPRENDS VRAIMENT PAS...
POURQUOI TOUT ÇA EST ARRIVÉ
FINALEMENT...

LA POLICE NE NOUS A RIEN APPRIS DE PLUS...
L'IMAGE DE MA MÈRE COURBÉE DEVANT CES HOMMES...
EST RESTÉE GRAVÉE DANS MA MÉMOIRE

Chapitre 16
SOUHAIT

MAMAN... JE...
JE SUIS AU COURANT...
POUR TON PÈRE... POUR LES SKELETONS...
ET POUR CE QUI S'EST PASSÉ...
TU NE LUI AVAIS RIEN DIT, N'EST-CE PAS ?
AH ! SUZUKI, APPORTEZ-MOI LA CAISSE
MADAME...

VOICI LES AFFAIRES DE VOTRE FILS
LE SANG SUR SA CHEMISE REFUSE DE PARTIR
GNIP
JE T'EN PRIE, ASSIEDS-TOI
JE NE VOULAIS PAS QU'ELLE S'INQUIÈTE AUTANT...

NOUS SOMMES...
UNE ORGANISATION DE L'OMBRE, MAIS NOUS AVONS LES MÊMES POUVOIRS QUE LA POLICE...
ET J'AI PLUSIEURS DEMANDES À VOUS FAIRE
NOUS IGNORONS QUELLES SERONT LES PROCHAINES ACTIONS DES GYGES...
MAIS IL EST FORT POSSIBLE QUE VOUS SOYEZ LEURS CIBLES
J'AIMERAIS DONC QUE VOUS VOUS INSTALLIEZ AU PLUS VITE DANS UN LOGEMENT SOUS NOTRE SURVEILLANCE
NOUS ASSURERONS ÉGALEMENT VOTRE PROTECTION LORS DE VOS DÉPLACEMENTS
J'AI CONSCIENCE QUE CELA COMPORTE QUELQUES INCONVÉNIENTS, MAIS COMPRENEZ QUE C'EST POUR VOTRE BIEN
EN ÉCHANGE...
SI TEL EST VOTRE DÉSIR...

NOUS RÉVÉLERONS AU PUBLIC...
TOUS LES ÉVÉNEMENTS...
QUI ONT CONDUIT À LA MORT TRAGIQUE DE HAYAO ARAKAWA
MAIS JE VOUS DEMANDERAI POUR ÇA...
DE BIEN VOULOIR PATIENTER CINQ ANS !

NOUS NE SOMMES PAS ENCORE TOTALEMENT PRÊTS...
POUR FAIRE FACE AUX MONSTRES ET AUX CRIMINELS INVISIBLES QUI SE CACHENT PARMI LA POPULATION
NOUS AVONS DONC ENCORE BESOIN DE TEMPS AFIN DE NE PAS CRÉER UNE PANIQUE GÉNÉRALE
ET PUIS J'IMAGINE QUE VOUS COMPTEZ FAIRE UN PROCÈS AUX TYPES QUI ONT MENÉ DES EXPÉRIENCES SUR LES SKELETONS, N'EST-CE PAS ?
VOUS AUSSI, VOUS AVEZ BESOIN DE TEMPS POUR ÇA
VOUS AUREZ TOUT NOTRE SOUTIEN DANS LE PROCÈS CIVIL, AINSI QUE POUR RÉTABLIR L'HONNEUR DE VOTRE MARI
MA SUBORDONNÉE M'A ÉGALEMENT FAIT PART DE TON SOUHAIT, JEUNE HOMME

TU VAS POUVOIR ACCOMPLIR TON BUT
JE SUIS EN TRAIN DE TE DÉROULER LE TAPIS ROUGE
TU T'ES TROP MÊLÉ À MES SUBORDONNÉS
TIENS-TOI EN RETRAIT SANS FAIRE D'HISTOIRES

CELA VOUS CONVIENT-IL...
MADAME ?
NOUS FERONS TOUT CE QUI EST EN NOTRE POUVOIR POUR QUE VOTRE FILS NE SE RETROUVE PLUS EN DANGER
POUVEZ-VOUS...
NOUS LAISSER SEULS UN INSTANT ?

MA... MAMAN...
QUE...
NON ! TAIS-TOI...
DÉSOLÉ...
DE NE T'AVOIR RIEN DIT
SI ON N'ÉTAIT PAS ICI, JE T'AURAIS MIS UNE PAIRE DE BAFFES
YODOMI...
JE VAIS ACCEPTER ...
LA PROPOSITION DE CET HOMME
D'ACCORD ?
OUI...

JE VEUX...
QUE TU RÉFLÉCHISSES BIEN...
ET QUE TU ME RÉPONDES EN ME REGARDANT
CETTE DÉCISION AURA UN IMPACT SUR LES CINQ PROCHAINES ANNÉES DE NOTRE VIE
ÇA LUI ÉVITERA DE S'INQUIÉTER...
ELLE ME DEMANDE DE RÉFLÉCHIR...
MAIS IL N'Y A PAS D'AUTRE SOLUTION
ET, MOI, JE N'AURAI PLUS À ENDURER TOUTE CETTE DOULEUR

SBOMK
JE N'AI PAS PU...
ARRÊTER LES PERSONNES QUI CONNAISSAIENT MON PÈRE

YOROIBATA M'EST VENUE EN AIDE, MAIS JE ME SUIS FAIT VOLER CE QU'ELLE M'AVAIT DEMANDÉ DE PROTÉGER...
ET J'AI ESSAYÉ D'AIDER RIHO...
ALORS QUE J'ÉTAIS DÉJÀ EN TRAIN DE ME DÉMENER POUR ME PROTÉGER MOI-MÊME

IL Y A HUIT ANS...
J'ATTENDAIS SIMPLEMENT QUE QUELQU'UN RÉSOLVE L'AFFAIRE. AUJOURD'HUI ENCORE, RIEN N'A CHANGÉ
Homme
non censurée
ANIMAUX
INSECTES
JE NE PEUX RIEN FAIRE

ET TANT QUE JE RESTERAI DANS LE FLOU ET L'OISIVETÉ...
JE NE SERAI PAS SATISFAIT !
FOP
MA...
MAMAN !
FROSH
FROSH

TROUVONS...
UNE SOLUTION QUI TE SATISFERA

ILS N'ONT PAS ACCEPTÉ...
C'EST ÇA ?
ILS ONT TROUVÉ PLUSIEURS CHOSES À REDIRE
APPAREMMENT, NOTRE PROTECTION N'EST PAS SUFFISAMMENT À LA HAUTEUR

GNUC
GNIP
ET DONC, QUE DOIS-JE FAIRE ?
ARAKAWA VEUT VOUS AFFRONTER, SKELETON CONTRE SKELETON, AFIN DE VOIR S'IL PEUT NOUS FAIRE CONFIANCE
IL DIT QUE SI NOTRE ORGANISATION N'EST MÊME PAS CAPABLE DE CONTRÔLER UN ENFANT...
ALORS PEUT-ÊTRE QUE LUI POURRA NOUS APPORTER SON AIDE
HONNÊTE-MENT...
CIAS

J'IGNORE OÙ IL TROUVE UNE TELLE ASSURANCE...
MAIS IL DIT QU'IL N'A PAS BESOIN D'UTILISER YAMAMOTO
J'AI PARLÉ AVEC LUI CE MATIN
YODOMI...
M'A DIT QU'IL VOULAIT FAIRE DU CAMPING CET ÉTÉ
HMM...

POURQUOI IL NE PARLE PAS DE CES CHOSES-LÀ AVEC MOI ?
HA HA
LES GARÇONS SONT SOUVENT COMME ÇA, TU SAIS
ENFIN BON...
PARTAGEONS-NOUS LES TÂCHES POUR ÉLEVER NOS ENFANTS
FAISONS LE MAXIMUM...
AFIN QU'ILS PUISSENT...
RÉALISER LEURS RÊVES

HAYAO...
JE NE SUIS PAS SÛRE D'ÊTRE UNE BONNE MÈRE
MAIS JE CROIS QUE C'EST LA PREMIÈRE FOIS...
QUE YODOMI ME DIT CE QU'IL VEUT FAIRE
FUUH
OK, TACHIBANA...
CE SERA PROBABLEMENT PÉNIBLE, MAIS C'EST UN ORDRE

MONTREZ-LUI...
CIAS
CE QUE VOUS SAVEZ FAIRE !

J'AIMERAIS QUE VOUS ACCEPTIEZ NOTRE PROPOSITION
Chapitre 17
SERPENT, COMBAT ET GORGONE

NOUS ACCEPTONS
LES CIRCONSTANCES DE LA MORT DE MON PÈRE SERONT RÉVÉLÉES AU PUBLIC DANS CINQ ANS...
ET MA FAMILLE SERA PLACÉE SOUS PROTECTION
NOUS NE NOUS OPPOSONS PAS À CES POINTS-LÀ

EN REVANCHE...
VOTRE PROPOSITION DE SURVEILLER NOS DÉPLACEMENTS NOUS A PARU ÉTRANGE
NOUS ASSURERONS ÉGALEMENT VOTRE PROTECTION LORS DE VOS DÉPLACEMENTS
POURQUOI NOUS AUTORISEZ-VOUS À SORTIR ?
IL Y A HUIT ANS, LA POLICE NOUS AVAIT INTERDIT DE QUITTER NOTRE DOMICILE PENDANT TROIS SEMAINES
J'AI L'IMPRESSION... QU'IL Y A UN RELÂCHEMENT DANS LES MESURES PRISES À NOTRE ÉGARD

LES GYGÈS...
NE VONT-ILS PAS ESSAYER DE SE RAPPROCHER DE NOUS ?
CES TYPES PEUVENT TOUS DEVENIR INVISIBLES. ILS N'APPARAISSENT DONC PAS SUR LES CAMÉRAS DE SURVEILLANCE ET PERSONNE NE PEUT LES VOIR
QUI PLUS EST, L'UN D'EUX A LE POUVOIR DE TÉLÉPORTER LES PERSONNES ET LES OBJETS
IL EST DE CE FAIT DIFFICILE DE TRAQUER DES SKELETONS AVEC LES MÉTHODES CONVENTIONNELLES DE LA POLICE
LE MEILLEUR MOYEN EST DE TENDRE UN FILET QUELQUE PART...
ET D'ATTENDRE QU'ILS SE MONTRENT...

ET VOUS COMPTEZ NOUS UTILISER, MA FAMILLE ET MOI, COMME APPÂT...
N'EST-CE PAS ?
KAC
TSS... CE GOSSE NOUS A VUS VENIR...
HMM...
SI CELA VOUS INQUIÈTE...
NOUS POUVONS AUSSI VOUS DEMANDER DE NE PAS QUITTER VOTRE DOMICILE...
SI VOUS RECONNAISSEZ QUE MES SOUPÇONS SONT JUSTES...
J'ACCEPTE ALORS DE SERVIR D'APPÂT

ZIEUTE
VOYEZ ÇA AVEC MON FILS

JE COOPÉRERAI AVEC VOUS À UNE CONDITION
JE SUIS PARFAITEMENT CONSCIENT QUE SERVIR D'APPÂT EST DANGEREUX...
ET JE VEUX M'ASSURER DE POUVOIR VOUS CONFIER NOS VIES
J'AIMERAIS DONC AFFRONTER UN DE VOS AGENTS...
AFIN DE VÉRIFIER SI JE PEUX RÉELLEMENT VOUS FAIRE CONFIANCE
CE GOSSE VEUT UN COMBAT AVANT DE NOUS DONNER SON ACCORD...
J'IGNORE CE QU'IL A EN TÊTE...
ENFIN BON, TACHIBANA DEVRAIT POUVOIR S'EN OCCUPER...
ME PERMETS-TU DE CHOISIR TON ADVERSAIRE ?

JE LE RÉPÈTE...
CE COMBAT...
CIAS
NOUS PERMETTRA D'ÉTUDIER LES MESURES QUE NOUS PRENDRONS CONCERNANT LES GYGÈS

LES RÈGLES SONT SIMPLES
AUCUNE LIMITE DE TEMPS
LE PREMIER QUI SORTIRA DE SA FORME SKELETON PERDRA LE COMBAT
VOS CORPS SE RÉGÉNÉRERONT RAPIDEMENT
TOUS LES COUPS SONT PERMIS

SHIDÔ TACHIBANA, AGENT SKELETON DE LA CIAS...
ENCHANTÉ !
YODOMI ARAKAWA... ENCHANTÉ...
MAIS ON NE SE SERAIT PAS DÉJÀ RENCONTRÉS QUELQUE PART ?
JE NE PENSE PAS
BON, D'ACCORD...
DÉSOLÉ, J'AURAIS POURTANT CRU

ARAKAWA...
PERSON-NELLEMENT, JE NE SUIS PAS TRÈS ENJOUE À L'IDÉE QUE TU SERVES D'APPÂT
IL SERAIT PLUS PRUDENT QUE TU NOUS LAISSES FAIRE...
ET QUE TU RESTES CACHE PENDANT QUELQUE TEMPS
CIAS
CE TYPE A L'AIR D'AVOIR LA TÊTE SUR LES ÉPAULES
EXACTEMENT COMME L'A DIT LE DIRECTEUR
DESOLE...
MAIS, SUR CE POINT-LÀ, LE DÉBAT EST DÉJA CLOS
JE VOIS...
LAISSE-MOI JUSTE TE PRÉVENIR

BIIIP
COMBATTEZ !
RETENIR MES COUPS, C'EST PAS MON TRUC !
BOMK

LORSQUE JE T'AI VU COUVERT DE SANG À L'HÔTEL, J'AI CRU QUE MON CŒUR ALLAIT S'ARRÊTER !
IL NE FAUT PAS TROP CHERCHER LA BAGARRE, PETIT !
KRIK
UB
KRIK

L'UB DE TACHIBANA A POUR NOM « GORGONE »
IL TRANSFORME EN MATIÈRE LOURDE ET ROBUSTE TOUTES LES CHOSES SUR LESQUELLES IL SE FIXE
HMM... DONC S'IL L'UTILISE HABILEMENT SUR SON PROPRE CORPS...
TU AS TOUT COMPRIS
IL PEUT SE TRANSFORMER EN UN VÉRITABLE BULLDOZER HUMAIN

VOUS NE ME CACHEZ RIEN D'AUTRE ?
RIEN !
JE T'AI DIT TOUT CE QUE JE POUVAIS TE DIRE
JE VOUS CROIS
TE MENTIR SERAIT UNE PERTE DE TEMPS
ET PUIS TON COMPORTEMENT A ÉVEILLÉ MA CURIOSITÉ
HU HU HU
J'AI DONC ENVIE D'ÊTRE AIMABLE AVEC TOI
MOUAIS... VOUS AVEZ L'AIR SÉRIEUX
SUR CE POINT, J'AI DU MAL À LE CROIRE...

ET DONC...
TU ES SÛR DE NE PAS VOULOIR UTILISER LES POUVOIRS DU CRÂNE DE YAMAMOTO ?
NOS INSTALLATIONS SONT SOLIDES, TU SAIS, ET LES RÉPARATIONS NE SONT PAS UN PROBLÈME
TU PEUX Y ALLER SANS RETENUE
ÇA IRA...
J'AI DEMANDÉ À YAMAMOTO DE M'AIDER JUSQU'À CE QUE L'AFFAIRE CONCERNANT MON PÈRE SOIT RÉVÉLÉE AU PUBLIC
JE N'AI PAS LE DROIT DE COMPTER SUR LUI INDÉFINIMENT
EN REVANCHE...
SERAIT-IL POSSIBLE DE VOUS EMPRUNTER LA SALLE DE COMBAT PENDANT ENVIRON DEUX HEURES ?
J'AIMERAIS M'ENTRAÎNER UN PEU POUR M'ACCOUTUMER À MES POUVOIRS

JE NE COMPRENDS PAS CE QUE TU AS EN TÊTE
CIAS
POURQUOI FAIS-TU TOUT ÇA ?

TU NOUS PROPOSES TA COOPÉRATION...
MAIS JE NE VOIS PAS L'INTÉRÊT D'UNE APPROCHE AUSSI BRUTALE
SI TU PRENDS LES COMBATS À LA LÉGÈRE...
TU FERAIS MIEUX DE REVOIR TA FAÇON DE PENSER
SINON, ÇA NE T'APPORTERA RIEN DE BON...
BATTEZ-VOUS SÉRIEUSEMENT !
VOUS AURIEZ PU GAGNER EN ME METTANT UN COUP DE PIED DANS LA TÊTE
ON DISCUTERA APRÈS QUE L'UN DE NOUS SERA SORTI DE SA FORME SKELETON. PAS AVANT !
WUP

HMM ? C'EST LA POSTURE QUE PREND CET HOMME POUR ACTIVER SON UB...
C'EST JUSTE DU BLUFF...
À MOINS QUE...

Chapitre 18
UN JEUNE HOMME IMPASSIBLE
CIAS

IL A PRIS LA MÊME POSTURE QUE CET HOMME
POURTANT, D'APRES NOS INFOS, L'UB D'ARAKAWA NE S'EST PAS ENCORE MANIFESTÉ...
SI UN PUISSANT UB S'ÉTAIT ÉVEILLÉ EN LUI...
IL L'AURAIT TOUT DE SUITE FAIT VALOIR AU DIRECTEUR ET IL N'AURAIT PAS DEMANDÉ CE COMBAT
CE N'EST DONC QUE DE L'INTIMIDATION... IL VEUT ME DÉSTABILISER...
JE LE LAISSE ATTAQUER...
OU VAUT-IL MIEUX QUE JE CHARGE ?

TACHIBANA !
TODOROKI !
JE SUIS AU COURANT POUR LE COMBAT CONTRE ARAKAWA...
VOUS ALLEZ VRAIMENT L'AFFRONTER ?

SI VOUS VOULEZ...
JE PEUX ME BATTRE À VOTRE PLACE
TODOROKI ...
IL PARAÎT QUE TU AS CHERCHÉ DES NOISES À YOROIBATA
QUOI ? MAIS PAS DU TOUT !
JE VOUS ASSURE !
TACHIBANA, ÇA FAIT PLUSIEURS JOURS QUE VOUS BOSSEZ NON-STOP
POUR LES BOULOTS PHYSIQUES, VOUS POURRIEZ AU MOINS ME LAISSER FAIRE
LE DIRECTEUR M'A DEMANDÉ D'ÊTRE L'ADVERSAIRE D'ARAKAWA
JE DOUTE QU'IL ACCEPTE QU'ON ME REMPLACE

POURQUOI PRENEZ-VOUS ÇA AUTANT À CŒUR ?
JE SAIS QUE VOUS ÊTES ALLÉ AIDER ARAKAWA À L'HÔTEL
MAIS, D'HABITUDE, VOUS ÊTES CONTRE CE GENRE DE VIOLENCE
TOUT ÇA NE VOUS RESSEMBLE PAS
TU SAIS QUE J'ÉTAIS FLIC AUTREFOIS, N'EST-CE PAS ?
À L'ÉPOQUE...

J'ÉTAIS PERSUADÉ QUE TOUTES LES AFFAIRES POUVAIENT ÊTRE RÉSOLUES...
ET QUE JE POUVAIS PARVENIR À LA VÉRITÉ
OPULATION EN ÉMOI
DAILY NEWS
Mort mystérieuse à Shinjuku : un corps en lévitation
Une enquête difficile
"Rien n'apparaît sur les vidéos de surveillance"
Quartier général du bureau d'enquêtes criminelles de Shinjuku / District 3
COMME VOUS LE SAVEZ...
HAYAO ARAKAWA EST MORT DANS D'ÉTRANGES CIRCONSTANCES EN PLEINE JOURNÉE... ET, MALGRÉ LES NOMBREUX TÉMOINS...
PERSONNE NE SAIT EXACTEMENT CE QUI S'EST PASSÉ
INUTILE DE VOUS DIRE QUE NOUS SOMMES FACE À UN CAS SANS PRÉCÉDENT
NOUS ALLONS DEVOIR MENER L'ENQUÊTE EN APPLIQUANT LES RÈGLES DE BASE À LA LETTRE
JE VEUX QUE VOUS INTERROGIEZ MINUTIEUSE-MENT...
LES PERSONNES QUI ÉTAIENT SUR PLACE...
AINSI QUE LES PROCHES DE LA VICTIME

Arakawa

LAISSEZ LA POLICE FAIRE SON TRAVAIL
JE TE PROMETS DE DÉCOUVRIR...
CE QUI S'EST PASSÉ

LES BLESSURES NE NOUS ONT PAS PERMIS D'IDENTIFIER L'ARME DU CRIME NI LE DÉROULEMENT DES FAITS
ET LA VICTIME NE SEMBLAIT PAS AVOIR DE PROBLÈME PARTICULIER AVEC SON ENTOURAGE

J'AI ENTENDU DIRE QU'ILS ALLAIENT RESTREINDRE LES RECHERCHES
ILS PRÉFÈRENT METTRE DES GARS SUR L'AFFAIRE DU CORPS RETROUVÉ À AKASAKA
ÇA NE M'ÉTONNE PAS, L'ENQUÊTE N'AVANCE PAS...
À MON AVIS, C'EST UNE MALÉDICTION...
ÇA SUFFIT !
VOUS VOUS VOYEZ DIRE ÇA À LA FEMME D'ARAKAWA ?
« VOTRE MARI EST MORT À CAUSE D'UNE MALÉDICTION »... C'EST ÇA QUE VOUS ALLEZ LUI DIRE ?

ON PARLE D'UN FAIT CONCRET !
ON A SÛREMENT DÛ PASSER À CÔTÉ DE QUELQUE CHOSE...
IL Y A FORCÉMENT UNE EXPLICATION SCIENTIFIQUE !
LA POLICE POURSUIT L'ENQUÊTE

JE VOUS PROMETS DE DÉCOUVRIR TOUTE LA VÉRITÉ
SI JAMAIS VOUS VOUS RAPPELEZ QUELQUE CHOSE OU SI VOUS AVEZ LE MOINDRE INDICE, VEUILLEZ NOUS TENIR INFORMÉS...

« LA MORT D'ARAKAWA EST DUE À L'APPARITION D'UN LBV »
CE N'EST QU'APRÈS MON TRANSFERT À LA CIAS...
QUE J'AI APPRIS LA VÉRITÉ SUR CETTE AFFAIRE ET L'EXISTENCE DES SKELETONS
JE TE PROMETS DE DÉCOUVRIR...
CE QUI S'EST PASSÉ

OUI...
S'IL...
S'IL VOUS PLAÎT
J'AI ABANDONNÉ CE GAMIN PENDANT HUIT ANS
CIAS
LA DIRECTION A DÉCIDÉ DE NE PAS RÉVÉLER LES FAITS AU PUBLIC
JE NE POUVAIS RIEN FAIRE...
ET JE PENSAIS QU'IL VALAIT MIEUX TENIR LES ARAKAWA ÉLOIGNÉS DE TOUT ÇA

JE VOULAIS...
LUI DIRE ENCORE UNE FOIS...
DE NOUS LAISSER FAIRE NOTRE TRAVAIL
CIAS
HAA...
VOUS PRENEZ VRAIMENT CETTE AFFAIRE TROP À CŒUR...
OUI, JE SAIS...
MAIS JE...
JE VAIS VOUS OBSERVER DEPUIS LE HUBLOT !
ENTENDU...
MERCI

CIAS
J'ATTENDS...
OU JE CHARGE ?
FUUH

J'Y VAIS !
YODOMI...
SI TU AS UN UB, C'EST LE MOMENT DE L'UTILISER !
UB ! GORGONE !
KRIK
KR IK
JE VAIS RÉPLIQUER DE TOUTES MES FORCES
C'EST LE MAXIMUM QUE JE PEUX FAIRE...

FRUP
VLAM
KRAK
KRAK
TAP

KRIK
KRAK

QU'EST-CE QU'IL FAIT ?
ON DIRAIT... UNE SORTE DE BRAS OSSEUX...
COMMENT IL FAIT ÇA ?
CIAS
JE VOIS...
IL PEUT UTILISER LES OS
MONSIEUR, VOUS SAVIEZ QU'ARAKAWA CACHAIT UNE BOTTE SECRÈTE ?
KRIK
HMM... JE ME DOUTAIS QU'IL AVAIT QUELQUE CHOSE EN TÊTE...
KRAK
MAIS J'IGNORE...
CE QUE C'EST AU JUSTE
ET MERDE ...
LA STRUCTURE DE CE BRAS N'EST PAS STABLE
LA MAÎTRISE DE KUNIKUMO ÉTAIT VRAIMENT IMPRESSIONNANTE

D'APRÈS NOS INFOS, ARAKAWA A AFFRONTÉ UN LBV...
ET IL S'EST BATTU CONTRE HEIJI KUNIKUMO À L'HÔTEL
MÊME S'IL SEMBLE AVOIR UNE CHANCE INSOLENTE...
CE GAMIN EST UN PEU TROP COMPÉTENT
VOUS NE TROUVEZ PAS ÇA ÉTRANGE ?

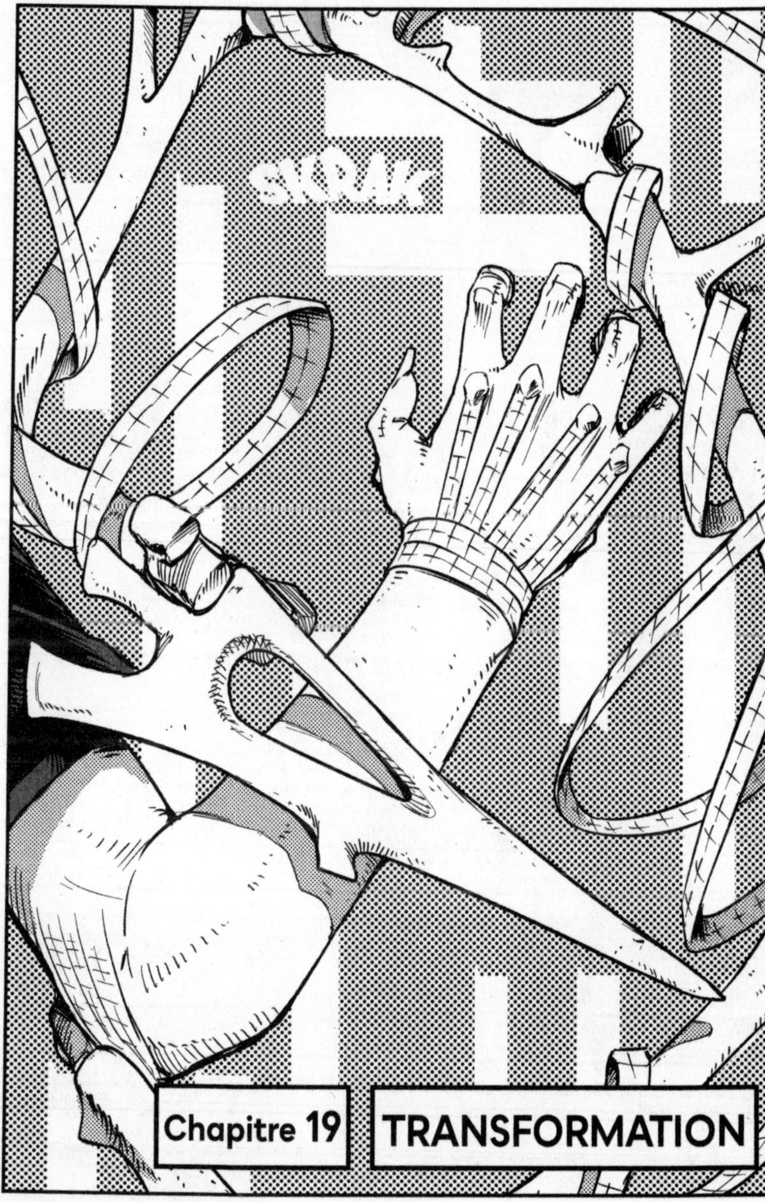
Chapitre 19
TRANSFORMATION

PAF
PAK
PA
KRIKS

FWOUUSH
MES YEUX...
MON TORSE...
MES ARTICULATIONS ...
SHPAK

MON UB « GORGONE »...
PERMET DE DURCIR LA MATIÈRE ET DE LA RENDRE PLUS LOURDE
JE NE PEUX PAS BOUGER LES PARTIES DE MON CORPS QUE JE DURCIS
C'EST POUR ÇA QUE JE N'UTILISE PAS CE POUVOIR SUR MES ARTICULATIONS
SHPA
K
ET IL L'A BIEN COMPRIS
COMMENT SE FAIT-IL QUE CE GARÇON AIT UN FLAIR AUSSI AIGUISÉ ET QU'IL SEMBLE AUTANT HABITUÉ AUX COMBATS ?

SPRAAK
GRAP
DEPUIS QUAND...
PEUX-TU UTILISER CE POUVOIR ?
DEPUIS QUE JE ME SUIS RÉVEILLÉ...
TOUT À L'HEURE
TAP
...

JE NE MANIPULE PAS ENCORE BIEN CE POUVOIR...
JE MANQUE DE PUISSANCE
CE TRUC EST LOURD, JE NE SUIS PAS ENTIÈREMENT LIBRE DE MES MOUVEMENTS
KRIK
KRAK
MAIS, MÊME SANS CONNAISSANCES APPROFONDIES, QUELQUE CHOSE ME DIT...
GNN
GNN
GNN
JE VAIS RESSAYER
QUE JE PEUX L'UTILISER !

COLLÈGE
T'ES ALLÉE OÙ PENDANT LES VACANCES ?

À UNIVERSAL STUDIO !
TIENS, JE T'AI RAPPORTÉ UN CADEAU !
T'AS FAIT TOUS LES DEVOIRS ?
OH ! TA MAIN...
J'AI LA DALLE
ON VA DEVOIR COURIR AUJOURD'HUI
HEIN ? Y EN AVAIT ?
LÀ, VAS-Y !
ÇA ME GAVE
OUAH ! TROP SYMPA
OUAIS, POUR LES COURS DE SOUTIEN
MOI AUSSI
AU CONTRAIRE, C'EST COOL
LA MISÈRE...
HÉ !
ATTRAPE LE BALLON
LE MERCREDI ET LE VENDREDI, JE VAIS CHERCHER MA SŒUR À L'ÉCOLE

POURQUOI C'EST PAS MAMAN ?!
PARCE QU'ELLE TRAVAILLE !
KZI IIM
TU VAS ME POSER LA MÊME QUESTION TOUTES LES SEMAINES ?
J'EN AI MARRE DE TOI !
DIS PAS ÇA ! JE DOIS M'OCCUPER DE TOI
MAMAN N'A QU'À DEMANDER À QUELQU'UN DE LA REMPLACER AU TRAVAIL !
C'EST COMME ÇA, ON N'Y PEUT RIEN !
ON N'A QUE MAMAN ! ELLE DOIT TRAVAILLER...

C'EST LOIN TOUT ÇA !
D'ABORD, JE ME SOUVIENS MÊME PAS DE PAPA !
ALORS ARRÊTE DE TOUJOURS FAIRE ALLUSION À LUI !
TSS...
C'EST VRAI QUE YUBANA ÉTAIT ENCORE PETITE...
DEPUIS, QUATRE ANS SONT PASSÉS

QUATRE ANS...
AAH
ELLE A RAISON... JE SUPPOSE QU'ON PEUT DIRE...
QUE C'EST DE L'HISTOIRE ANCIENNE...
MERCI POUR LE REPAS

SALLE DES PROFESSEURS
REMPLIS LE FORMULAIRE ICI ET ICI AVANT DE LE RENDRE
TU VEUX T'INSCRIRE DANS QUEL CLUB ?
JE DOIS TENIR INFORMÉ TON PROFESSEUR PRINCIPAL
EUH... JE NE SAIS PAS ENCORE...

ON EST DÉJÀ EN SEPTEMBRE
ET COMME JE N'AI RIEN FAIT DE TOUT L'ÉTÉ...
JE ME DISAIS QUE CE SERAIT BIEN DE COMMENCER QUELQUE CHOSE...
Date :
Formulaire d'inscription
m'inscrire au club de
Classe :
Nom :
Tuteur :
Adresse :
OH ! C'EST QUOI ? UN SPECTACLE ?
OUAH !

ÇA CRAINT !
QUELLE HORREUR !
J'AI PAS ENVIE DE VOIR ÇA !
LES VOIX QUI SORTAIENT DES SMARTPHONES...
LES COMMENTAIRES ET LES RÉACTIONS DES ÉLÈVES...
OUAIS, ARAKAWA, LE GARS DU GROUPE 3...
RECULEZ ! RECULEZ !
J'AVAIS DÉJÀ ENTENDU ÇA TELLEMENT DE FOIS...
QUE JE CONNAISSAIS LA SUITE PAR CŒUR...
POLICE ! APPELEZ LA POLICE !!
UN TYPE...
EST EN TRAIN DE FLOTTER !
Shinjuku
Mort mystérieuse - Hom
Mort en direct - Horreur -
8047 vues

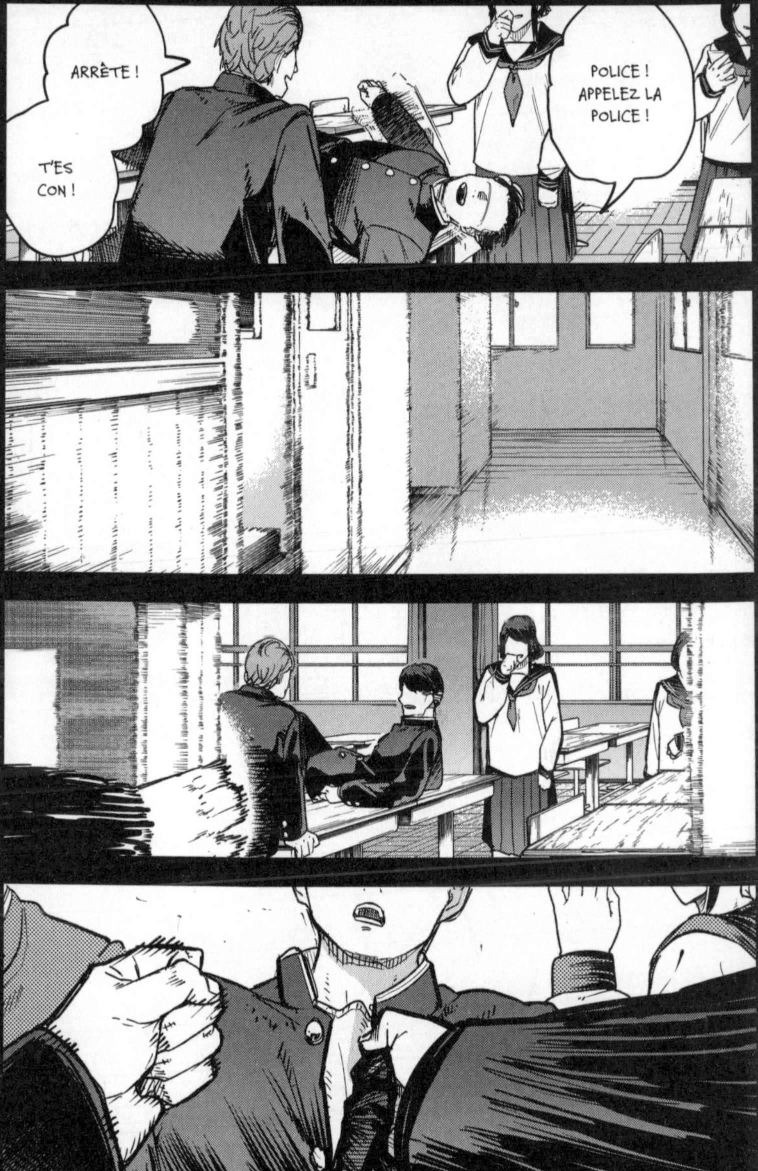
POLICE ! APPELEZ LA POLICE !
ARRÊTE !
T'ES CON !

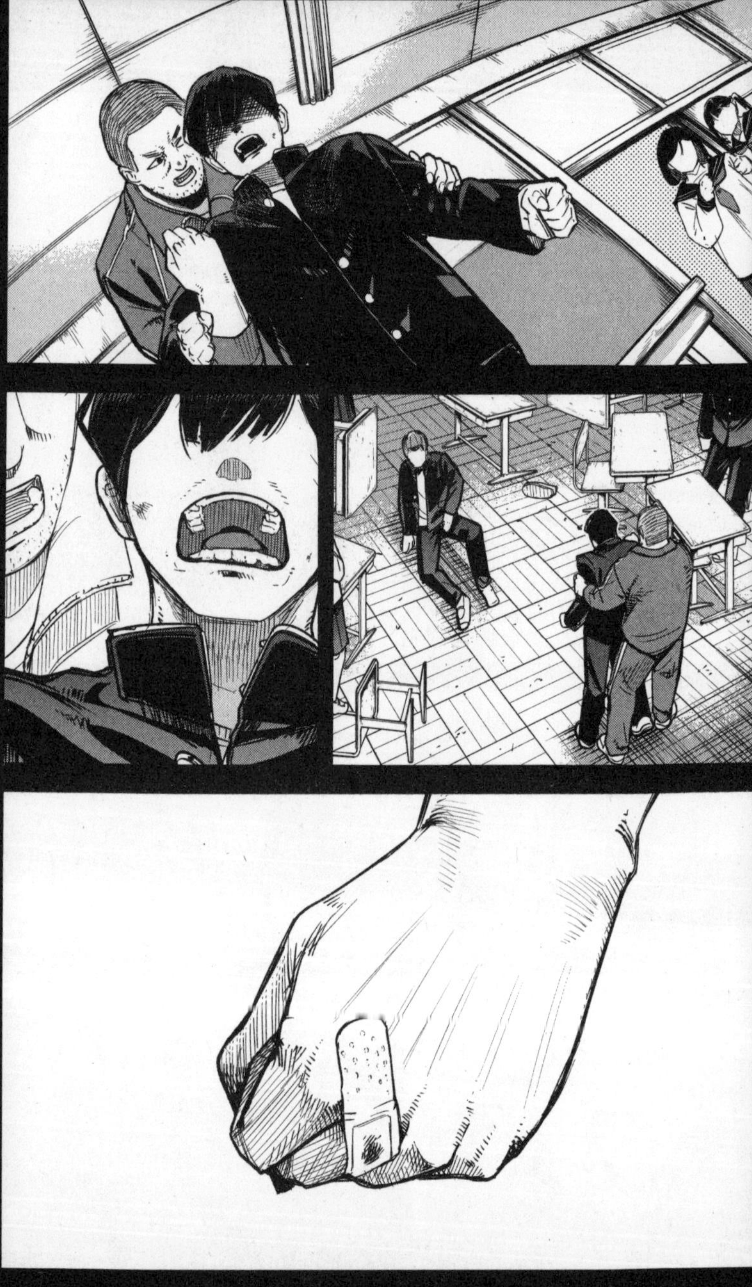

JE SUIS DÉSOLÉE POUR LE COMPORTEMENT DE YODOMI
COMMENT VA VOTRE FILS ?
IL VA BIEN
C'EST MOI QUI SUIS DÉSOLÉE...
MON FILS A LEVÉ LA MAIN LE PREMIER
PARDON ! JE SUIS SINCÈRFMENT NAVRÉE
MAMAN...
PTAM
YODOMI...

C'ÉTAIT LA PREMIÈRE FOIS QUE J'ENTENDAIS LA VOIX TREMBLANTE DE MA MÈRE
PAR...
PARDON...
LAISSE-MOI UNE MINUTE...
LA VIOLENCE N'EST PAS UNE SOLUTION
JE...
JE LE SAIS BIEN...
MAIS...

TIC
TAC
IL A PÉTÉ LES PLOMBS
ENCYCLOPÉDIE ILLUSTRÉE CHO INSECTES
ENCYCLOPÉDIE ILLUSTRÉE CHO ANIMAUX
TIC
TIC
TAC
ENCYCLOPÉDIE ILLUSTRÉE
REPTILES
OISEAUX
TAC
SI JE POUVAIS ME TRANSFORMER EN OURS...

DEMAIN MATIN, J'ENTRERAIS DOUCEMENT DANS LA CLASSE...
JE RENVERSERAIS TOUTES LES TABLES...
ET JE TUERAIS UN ÉLÈVE...
POUR QUE ÇA LEUR SERVE DE LEÇON

MAIS JE ME FERAIS ENSUITE AUSSITÔT ABATTRE
HA HA HA...
MES VÊTEMENTS SE DÉCHIRERONT
IL VAUT DONC MIEUX QUE JE ME TRANSFORME DANS LES TOILETTES DU REZ-DE-CHAUSSÉE
MAIS SI UN PROF ME VOIT, IL ALERTERA LA POLICE
ET SI J'APPUYAIS SUR LE BOUTON DE L'ALARME À INCENDIE POUR QUE TOUT LE MONDE SE PRÉCIPITE À L'EXTÉRIEUR...
ET QUE JE ME TRANSFORMAIS NON PAS EN OURS, MAIS EN OISEAU DE PROIE ?
OUI, IL FAUT QUE JE PEAUFINE MON PLAN
ABSORBÉ DANS MES RÊVERIES...
J'AI ÉTRANGEMENT TROUVÉ LE SOMMEIL FACILEMENT

ET UN LOUP ?
COMBIEN DE TEMPS IL ME FAUDRAIT POUR M'ENFUIR APRÈS ÊTRE PASSÉ À L'ACTE ?
OU PEUT-ÊTRE UN AUTRE ANIMAL ?
Lundi
Arts ménagers
Piscine
Sport
Judo
Kendo
Audiovisuel
LA SALLE AUDIOVISUELLE N'EST PAS UTILISÉE AVANT LA DEUXIÈME HEURE...
RESTE À VÉRIFIER À QUELLE DISTANCE ELLE SE TROUVE DE MA CLASSE...

JE POURRAIS ME FABRIQUER UN FUSIL...
OU UNE BOMBE...
OU BIEN DU POISON...
ALLEZ, J'ARRÊTE...
DE PENSER À TOUT ÇA...
DE TOUTE FAÇON, ÇA SERT À RIEN...

IL ME FAUDRAIT QUELQUE CHOSE DE PLUS FACILE À UTILISER...
UNE POTION POUR PRENDRE L'APPARENCE DE QUELQU'UN D'AUTRE...
UN PISTOLET QUE JE POURRAIS FAIRE APPARAÎTRE ET DISPARAÎTRE...
UNE BOMBE DISCRÈTE QUE JE POURRAIS POSER OÙ JE VEUX...
CHO
PLANTES ET ANIMAUX DANGEREUX
CHO
POISSONS
DVD
超学館
CHO
ANIMAUX
DVD
超学館
CHO
INSECTES
DVD
超学館
NON...
QUELQUE CHOSE D'ENCORE MIEUX...

QUELQUE CHOSE DE BIEN PLUS IMPRESSIONNANT !
POC
IL N'ARRÊTE PAS DE CHANGER DE FORME !
JE SUIS...
MAL !
BON SANG ! COMMENT IL FAIT ÇA ?

CIAS
Skeleton double – Fin du tome 3

SKELETON DOUBLE
スケルトンダブル


First published in Japan in 2022 by SHUEISHA Inc., Tokyo.

French translation rights in France and French-speaking Belgium,
Luxembourg, Switzerland, Canada, and Monaco
arranged by SHUEISHA Inc. through VME PLB SAS, France.

Collection dirigée par : Grégoire Hellot
Traduction : Frédéric MALET
Lettrage : AQ

Loi n° 49.956 du 16 juillet 1949
Sur les publications destinées à la jeunesse.

ISBN : 979-10-420-1453-7

KUROKAWA
92, avenue de France - 75013 Paris

Dépôt légal : août 2024
Imprimé en France par Aubin Imprimeur



KUROKAWA